*Für meine Melli,
die mir jeden Tag rät,
das zu tun,
was mir gut tut.*

IACULATORIUM

Titanenblut

// PATRICK PISSANG

// 1. Auflage
// Originalauflage Januar 2019
// Copyright © 2019 Patrick Pissang
// All rights reserved.
// Internet: www.iaculatorium.com

// Lektorat: Charlotte Muijs (www.gut-lektoriert.de)
// Coverillustration: Jeff Brown (via www.reedsy.com)
// Satz: Léon Giogoli (www.leongiogoli.de)
// Copyright Coverbild: © 2018 Patrick Pissang
// Copyright Ritter: © 2018 Patrick Pissang
// Copyright Titan: @vukkostic - stock.adobe.com
// ISBN Paperback: 978-3-00-061869-7
// ISBN e-Book: 978-3-00-061868-0
// Buch erschienen im Selbstverlag: Patrick Pissang,
   Salachweg 18a, 86807 Buchloe, Bayern

INHALT

Von Branchenheinis und Nerds

Irgendwo in einem Münchener Büro beendete Heinrich nach zwei Stunden konzentriertem Programmieren genervt seine Arbeit. Er hatte genug von dem Quellcode, der bestehende betriebswirtschaftliche Prozesse mit der neuen Cloud Software verbinden sollte.

Für Eingeweihte ging es um das „SAP ERP" System und die Cloud Anwendung „Workday". Die meisten Mitarbeiter großer Unternehmen hatten keine Ahnung, wie das alles funktionierte und wie die einzelnen Systeme zur Zusammenarbeit gebracht wurden.

Viele Firmen nutzten aber SAP und jede hatte dieses unverzichtbare System sowohl hassen als auch lieben gelernt. Wenn es um die Cloud Anwendungen ging, staunte Heinrich immer wieder, dass die amerikanische Software auf fremden Servern betrieben wurde. Allein das rollte so einigen internen Datenschutzbeauftragten die Fußnägel hoch. Kein Wunder, denn sensible Daten aller Mitarbeiter lagen nun nicht mehr auf internen Servern, sondern irgendwo im Internet. Außerdem hatte Heinrichs Unternehmen überhaupt keine Erfahrung mit Cloud Anwendungen und niemand wusste so recht, welche Entscheidungen korrekterweise getroffen werden sollten.

Mit der Gänsehaut eines Glücksspielers beobachteten die unerfahrenen und skeptischen Datenschutzbeauftragten das Treiben aus dem Hintergrund und hofften einfach darauf, dass alles gut ginge. Im Grunde war es, als spielten sie eine Runde Roulette und hatten alles auf eine Farbe gesetzt. Keine besonders beruhigende Vorstellung.

Heinrich jedoch, keinesfalls ein guter Glücksspieler, bekam in seinem Programmcode einfach nicht den Mitarbeiter oder besser gesagt dessen Datenrepräsentation, zufriedenstellend übersetzt, so dass beide Systeme miteinander kommunizieren konnten.

Wer hat eigentlich beschlossen, dass all das selbst entwickelt werden musste? Es gab Software-Systeme, mit denen sowas im Schlaf funktionierte. Die kosteten aber etwas.

Heinrich sah aus dem Fenster und ließ seinen Blick über die Frauenkirche bis hin zur Allianzarena in die Ferne schweifen. Das Wetter war wie so oft hervorragend. Ein strahlend blauer Himmel, auf welchem ein paar kleine Schäfchenwolken grasten. Heinrich klappte den Laptop zu und stieß stöhnend seinen Stuhl zurück. Im gleichen Moment schaltete der angeschlossene Monitor auf den Bildschirmschoner, der die Zeichnung eines gutaussehenden schwarzhaarigen Mannes zeigte:

*Er hatte den ausgeglichenen Blick eines Helden,
der schon einige Gegner besiegt hatte. Das Haar
war kurz geschnitten und stand locker, wie
zufällig in alle Richtungen ab. Seine breite Stirn
zierte ein schwarzes Stirnband aus Leder,
an welchem ein Rubin, ein Symbol des heiligen
Kampfes, befestigt war. Der weiße seidige
Umhang rahmte seine kräftigen Schultern ein*

*und ein roter Adler thronte auf der Brustplatte
seines goldenen Harnischs. Über der linken
Schulter erkannte man den langen Griff eines
Bidenhänders, ein bis zu zwei Meter langes
Schwert, das zweihändig geführt wurde. Das
Führen einer solchen Waffe war alleiniges Privileg
des Kriegerstandes. An der linken Hüfte trug
er ein silbern schimmerndes Schwert verziert
mit mystischen Runen. Seine rechte Hand
ruhte sanft auf dessen lederumwickeltem Griff.*

Für Eingeweihte war es das Abbild eines Kriegerpriesters
der Kriegsgöttin Zulora. Für alle anderen könnte man die
Figur wohl am besten mit der Ähnlichkeit zu Prinz Eisenherz
beschreiben.

*„Euer Gnaden Heinrich, ich grüße euch. Ich bin
hergeeilt, da Ihre Majestät die Königin eure
Hilfe benötigt, oh heiliger Kämpfer der Zulora!",
sagte ein Bote namens Jannes, als er sich nach
mehreren Stunden des Wartens traute, den
Kriegerpriester beim Gebet zu unterbrechen.*
*Heinrich kniete vor einem Altar der Zulora.
In der Opferschale waren ein paar Silbertaler zu
erkennen. Der Rubin an Heinrichs Stirn funkelte,
als er sein kantiges Gesicht drehte und ihn die
Sonne dabei kurz anstrahlte.*
„Bei Zulora, so sei es", antwortete er, halfterte

sein silbernes Schwert und verstaute den Bidenhänder auf seinem Pferd. „Ich habe euch bereits erwartet. Im Namen der Göttin und ihrer unendlichen Weisheit, kommt mit mir und werdet mein Knappe."

„Henne! Alter, ist alles in Ordnung mit dir? Willste nun mit runter auf nen Kaffee oder wat?" Ronny schaute Heinrich verachtend an. Er war Heinrichs Arbeitskollege und konnte ihn offensichtlich nicht leiden.

Ronny sah gut aus. Lässig gekleidet, braun gebrannt und er ging regelmäßig ins Fitnessstudio. Ronnys Markenzeichen war seine auffällige Gürtelschnalle in Form einer Pistole, die übergroß und dominierend seine Designerjeans auf der Hüfte hielt.

Sie waren im gleichen Projektteam „HR 2020" und Ronny würde gegenüber Udo Hauser, ihrem Manager, in seinen Mitarbeitergesprächen um einiges schlechter dastehen, wenn Heinrich und seine Hilfsbereitschaft nicht wären. Also war Ronny so nett, wie er es eben einrichten konnte.

Warum er ihn Henne nannte wusste Heinrich nicht. Dafür der Rest der Firma. Heinrich hatte dünnes, leicht borstiges Haar und am Hinterkopf stand immer ein Haarbüschel ungebändigt in den Himmel. Er hatte auch recht helle Haut, die bei jeder Kleinigkeit hektische, rote Flecken zeigte. Zusätzlich ähnelte Heinrichs Nase im Profil auch noch einem Schnabel. Er sah einfach immer wie ein gerupftes Huhn aus.

Heinrichs Telefon klingelte und er mochte dieses Ding nicht. Es wirkte einfach alt, fehl am Platz und der Hörer war unnötigerweise an einer Schnur befestigt. Doch seine Laune besserte sich schnell, denn eine nette Stimme meldete sich: „Hallo Heinrich, hier spricht Maria ... Maria Hofer, aus der HR Abteilung." Heinrich war überrascht von Marias Anruf und hatte das Gefühl, rot zu werden.

Er hob die Hand, spreizte die Finger und signalisierte Ronny, noch fünf Minuten zu benötigen. Ronny winkte ab und ließ sich zurück auf seinen Bürostuhl fallen.

„Ähm, ja natürlich. Hallo Frau Hofer, äh Maria. Entschuldige, was kann ich für dich tun?", fragte Heinrich ein wenig schüchtern. „Bin ich gefeuert?", fragte er noch um die Situation mit einem Witz zu retten.

„Nein, nein natürlich nicht Heinrich", lachte Maria und fuhr fort, „naja, ich wollte danke sagen, dass du uns eine neue Version der Software gestern Abend noch hochgeladen hattest. Unser Team konnte heute alles testen und wir sind super happy mit dem Ergebnis. Das wollte ich dich einfach mal wissen lassen. Ich bin gerade unten bei den Backend Jungs und auch sie sind begeistert. Ich denke ihr da oben bekommt das oft einfach nicht mit." Marias Stimme klang sanft und ehrlich.

Heinrich war erstaunt wegen des Lobes und konnte nichts weiter sagen als: „Klar kein Problem. Ich hatte eh nichts anderes vor gestern Abend und auf Netflix gab's auch nichts Neues." Er spürte, dass Maria am anderen Ende der Leitung lächelte, als sie sagte: „Alles klar Heinrich. Ich hoffe wir sehen uns und vielen Dank für deinen Einsatz für das Projekt ‚HR 2020'".

Maria legte auf und Heinrich ließ langsam, fast verträumt, den Hörer zurück auf das Telefon gleiten.

„Wat träumst du denn schon wieder und wer war das am Telefon?", fragte Ronny als beide sich endlich auf den Weg machten. Ohne eine Antwort abzuwarten bohrte er weiter: „Wie läuft 's eigentlich mit dir und den Mädels? Haste endlich mal wat am Start?" Ronny und seine unstillbare Neugier für Themen, über die man Lästern konnte, waren mal wieder in Bestform.

„Nein habe ich nicht, aber heute ist mein Parship-Abend", antwortete Heinrich, der langsam Richtung Treppenhaus schlurfte. „Ich habe ein neues Profilbild eingestellt. Zwei Frauen haben mein Profil sogar schon angesehen. Ich wollte sie heute anschreiben." Eine bessere Antwort fiel ihm nicht ein. Heinrich dachte mit Grauen an Parship, sich einzuloggen und immer einen leeren Postkorb zu sehen machte ihn traurig. Auch schienen die Nutzerinnen wenig Interesse an ihm zu haben, denn er bekam kaum Klicks. Andererseits war er ja erst seit ein paar Tagen dabei und er gab die Hoffnung nicht auf.

„Aha. Ja spannend. Nun komm mach schneller, die anderen warten schon unten beim Kaffee. Du bist wirklich nen Lahmarsch aber du kannst einem auch echt leidtun." Ronny ging nun schneller und lachte. „Vielleicht nimmt dich ja mal eine aus Mitleid ..."

Heinrich und Ronny erreichten nun das Treppenhaus. Ronny öffnete gut gelaunt die Tür. Der Weg nach unten führte zum Ausgang auf die Straße hinaus.

Nerds im Treppenhaus

„*Euer Gnaden Heinrich! Seht da vorn, die zwei Räuber. Sie fliehen entlang des Feldes und haben die Schatztruhe eures Tempels!*" *Knappe Jannes Gesicht zeigte vollkommene Bestürzung. Der Kriegerpriester und er waren auf dem Weg zum Tempel der Zulora, um eine Liturgie zur Steigerung der Kampfeskraft abzuhalten. Diese würden sie für die bevorstehende Odyssee zur Rettung der Königin brauchen.*

Nun kamen sie gerade rechtzeitig, um Zeugen eines Tempelraubes zu werden. Ein Dutzend Krieger lagen bereits tot oder verwundet vor dem Tempel. Letzten Endes hatten die Räuber die Oberhand gewonnen und zwei von ihnen konnten fliehen.

Der Kriegerpriester Heinrich ritt den Kisten schleppenden Räubern nach, sprang vor ihnen von seinem Ross, löste den Bidenhänder von seinem Pferd und schwang ihn behände, einen großen Kreis beschreibend. Die Räuber, mit der schweren Kiste nicht kampffähig, ließen diese polternd fallen und stellten sich ihm, wahrlich beeindruckt von Heinrichs Erscheinung.

Wie eine Schlange die unvermutet nach vorne schnellt, um ihr Opfer zu erwischen, zuckte die Spitze des Bidenhänders und erwischte Schläfe und Ohr des einen Räubers, welcher daraufhin stark blutend zusammensackte.

Der zweite Räuber hob sein Schwert über seinen Kopf, um für einen wuchtigen Schlag gegen Heinrichs ungesicherte linke Schulter auszuholen.

Der Kriegerpriester sendete ein Stoßgebet an Zulora, seiner Kriegsgöttin, woraufhin er mit unglaublicher Eleganz und Geschwindigkeit dem Treffer knapp entgehen konnte. Da der Angreifer nun bereits zu nah war, um ihn mit dem Bidenhänder zu erwischen, ließ Heinrich diesen fallen und erledigte den zweiten Schergen, nachdem er schwungvoll sein zweites Schwert zog.

„Alter, wat war das denn?" Ronny schaute Heinrich wieder einmal angewidert an. „Du bist echt nicht normal, man! Mach doch mal die Augen auf, ey."

Er blickte auf und erkannte, dass Maria oberhalb von ihm auf der Treppe lag.

„Entschuldigung Maria!", krächzte Heinrich. Sie befanden sich im Treppenhaus der Firma, auf Höhe des ersten Stocks. Starke Hitze stieg in Heinrich auf und brachte ihm seine für ihn typischen, hektischen, roten Flecken. Die Situation tat ihm leid und Maria schaute ihn verärgert an.

Sie war hübsch, blond und sportlich mit einem weichen Gesicht. Normalerweise hatte sie immer ein Lächeln für Heinrich übrig, diesmal jedoch konnte sie ihre Gedanken nicht mit Freundlichkeit überspielen.

„Du Idiot! Was fällt dir ein, mich so anzurempeln?", sagte Maria, denn sie hatte sich schwer gestoßen und humpelte nun die Treppe hinauf. „Man Heinrich, echt ... das war richtig scheiße von dir", konnte sie sich nicht verkneifen zu sagen.

Ronny half Maria auf und Heinrich konnte wetten, er hatte dabei mit voller Absicht ihren Hintern berührt.

Heinrich arbeitete manchmal mit Maria, weil sie in der Human Resources Abteilung für das Programm ‚HR 2020' zuständig war, welches Heinrich technisch unterstützte. Heinrich mochte Maria und schätzte sie als einige der wenigen Personen in dieser Firma. Aber was hatte er eben getan, dass sie so verärgert war, fragte er sich noch kurz. Dann stieg so stark Traurigkeit in ihm auf, dass er nichts mehr gegen die Tränen tun konnte, die ihm in die Augen schossen.

Warum machte er nur immer so dämliche Dinge? Warum mochte ihn niemand, dachte er mal wieder. Er konnte nicht anders, als in diesen Gedanken zu versinken. Manchmal passierte ihm das auch stundenlang. Innerlich verprügelte er sich dann immer selbst. Sein Magen fühlte sich an, als sei er schwer beladen mit allerlei unerträglichem Ballast.

Gerade könnte er sich sofort übergeben.

*Der Kriegerpriester stand am Grab der Königin
und vergoss aufrichtig Tränen.*
*Die Königin wurde ermordet, bevor er sie
erreichen konnte. Augenzeugen berichteten von
einem Schatten, der sich lautlos über Wände
und Böden bewegte. Er drang in die schöne Königin
ein und ließ sie eines qualvollen Todes sterben,*

ohne dass jemand etwas dagegen tun konnte.

Dunkle Zeiten würden das Reich überkommen und selbst er, als gesegneter Krieger einer Göttin, erfüllt von unendlicher Zuversicht, hegte langsam Zweifel, ob das Gute obsiegen könne.

„Möge Zulora euch auf ewig gewogen sein, meine geliebte Königin, und euch sicher in ihre heiligen Gefilde geleiten."

Heinrich wandte sich in Gedanken an seine Göttin und erbat einen Regenschauer, welcher sanft zu Boden ging und einen Klangteppich erzeugte, der alle anderen Geräusche überdeckte. Mit gebeugtem Kopf und durchnässter Robe stand der stattliche Kämpfer am Grab seiner Königin und weinte.

Zulora sprach zu ihm: „Nun ist es Zeit weiterzuziehen, mein Krieger, und Gutes zu tun. Der Trauer ist genüge getan."

Eine neue Aufgabe

Heinrich drehte sich um und machte sich auf den Weg zur Cafeteria. Ronny und Maria ließ er kopfschüttelnd und perplex zurück.

„Einen Latte Macchiato mit Karamellsirup bitte."

Heinrich setzte sein freundlichstes Lächeln auf. Es wirkte wie immer gezwungen und ängstlich. Der Barista antwortete nicht, drehte sich um, bereitete einen Kaffee zu und stellte ihn wortlos auf die Theke.

„Ist der für mich?", fragte Heinrich verwundert, denn er sah nur einen Café Creme. Der Barista stellte ihm ein kleines Glas Milch dazu mit den Worten: „Sorry, ja du wolltest Milch, ge? Macht zwei achtzig."

Heinrich beobachtete seine Gedanken. Sie kreisten um ein paar Tipps aus Selbsthilfebüchern, die er regelmäßig las. Sozusagen aus Hoffnung, dass eines ein Rezept enthalten würde, all seine alltäglichen Probleme zu lösen. Zwischen „ruhig bleiben" und „es gibt immer einen anderen Grund als man selbst, denn man ist nicht der Mittelpunkt des Universums" ordnete sich Heinrich ein und akzeptierte die Situation.

Er sagte Danke, nahm den Kaffee samt Milch und erspähte einen Tisch mit ein paar bekannten Gesichtern. Er nickte den Kollegen zu und lächelte als er auf sie zuging. Sie blickten ihn an, erwiderten aber weder seinen Gruß noch sein Lächeln.

Ohne Ronny sah er keine Möglichkeit sich dazuzusetzen, denn er wusste nicht, was er sagen sollte. Er hasste sich dafür, drehte im letzten Augenblick ab und setzte sich an einen leeren Tisch. Nun suchte er sein Handy und stellte fest, dass er es wohl am Arbeitsplatz vergessen hatte und es ihm keine Gelegenheit gab, sich damit abzulenken.

Heinrich ließ seinen Blick durch die Cafeteria schweifen, allen Blicken scheu ausweichend, die seinen trafen.

„Herr Maurer, schön dass ich Sie antreffe. Da Sie ja Zeit

für einen Kaffee haben, haben Sie sicherlich das Mitarbeiter-Mapping und die Routine zur nächtlichen Synchronisation fertig entwickelt. Udo sagte mir, Sie seien da dran. Also, wie stehen wir mit dem Zeitplan?"

Heinrich erstarrte wie ein Reh im Scheinwerferlicht. Der Mann im Anzug, mit zu langer Krawatte über seinem Wohlstandsbauch, war der Chef von Udo Hauser. Unter der Krawatte spannte das Hemd so sehr, als würde einer der Knöpfe jeden Augenblick wie ein Geschoss in Richtung Heinrich fliegen.

Heinrich kannte den dicklichen Manager, da er ihm bei der letzten Weihnachtsfeier aus Versehen die Strickjacke mit einer Kerze angezündet und das Feuer dann mit Bier und Wein gelöscht hatte. Alles, woran er sich jedoch erinnerte, war der epische Kampf gegen einen schwarzen Drachen, den der Kriegerpriester Heinrich gefochten hatte.

Heinrich verfiel in eine Art Verteidigungsmodus und sprach ohne nachzudenken aus, worüber er schon einige Zeit grübelte, sollte er sich einmal rechtfertigen müssen: „Ich habe noch Probleme mit dem Mapping von Adressen. Die Felder im neuen System sind einfach zu amerikanisch. Ich muss die noch korrekt splitten und ich finde auch einige notwendige Datenfelder im SAP System nicht. Ronny bekommt die Firewall auch nicht freigegeben, sodass wir immer noch mit einem Reverse Proxy im Web hängen. Wir brauchen wirklich etwas mehr Zeit und Unterstützung. Wir tun was wir können, glauben Sie mir und wir arbeiten schon Überstunden ohne Ende. Es wäre aber auch gut, wenn die anderen Teams auch ein wenig besser unterstützen würden."

„Ich verstehe dieses Geschwafel nicht wirklich und es interessiert mich auch nicht. Warum heulen Sie denn immer nur rum? Tun sie doch mal was! Sprechen Sie mit dem SAP-Team und den Infrastrukturexperten wegen der Firewall. Hauptsache Zeit für nen Kaffee. Willkommen im Konzern, was? Ich bespreche das mit Udo", beendete der Manager das Gespräch und ging schnaufend weiter.

Heinrich hatte privat einige Schulden angehäuft, er brauchte diesen Job und dieses Gespräch gab ihm nicht das beste Gefühl. Er blickte dem fülligen Manager, der wie ein Elefant davon stampfte noch kurz nach und senkte dann traurig seinen Blick. Er wünschte sich auch einmal nette Gespräche. Warum waren die Menschen so zu ihm, dachte er selbstmitleidig.

Seine Gedanken suchten einen Ausweg und fanden ihn in Janina, seiner Verlobten. Sie war ein großer Quell seiner Freude, vor allem, wenn sie gemeinsam in die Rollenspielwelt abtauchten.

Würfel rollten, die Heldenbögen aus Papier wurden mit Bleistift und Radiergummi bearbeitet und alle tauchten in die gemeinsame Fantasiewelt ein. Janina spielte eine wunderschöne Hochelfe und Heinrich seinen Kriegerpriester. Ein Magier und ein Dieb waren auch noch von der Partie. Der fünfte Spieler war der Spielleiter, welcher der fantastischen Welt den Rahmen schenkte. Er erweckte Landschaften, Gebäude, Menschen, Tiere, Götter und Bösewichter der Spielwelt zum Leben.

Janina stellte oft kleine Duftkerzen auf und begrüßte jeden Spieler mit einer herzlichen Umarmung. Sie kleidete sich sehr bequem für die Spieleabende, seidene Shorts und ein Kuschelpullover. Heinrich liebte diesen Stil an ihr und sie wusste, dass es ihn immer etwas erregte.

Der letzte Spieleabend, welchen er mit Janina hatte, fand im Kerker der Inquisitorin Agatha von Ingelspfort statt.

Wenige Jahre bevor Heinrich den Tod seiner Königin betrauern musste, begab er sich mit mehreren seiner Gefährten, unter ihnen befand sich auch die schöne Hochelfe Jamala, auf eine Abenteuerfahrt.

Seine Königin wurde durch die dunkle Inquisitorin Agatha von Ingelspfort gefangengenommen und diente als Köder, um die Helden in eine Falle zu locken. Die Abenteurer um den Kriegerpriester hatten sich in die Weihestätte des dunklen Gottes geschlichen, um die Königin zu befreien und die Inquisitorin dingfest zu machen. Sie stellten ihre Widersacherin in der Folterkammer.

Die Königin war gefangen in etwas, das so aussah, wie ein luftiger Käfig. Unter ihr war kein Boden zu erkennen, nur ein endloser schwarzer Strudel ins Nichts. Er bohrte sich wie eine teerschwarze Windhose in die Tiefe, hinein in den Boden der Folterkammer.

Die Inquisitorin, eine blonde, in die Jahre gekommene Schönheit, hatte zwei Gesichter. Eine Seite war makellos, die andere gezeichnet von einem Flammenmal – ein untrügliches Erkennungsmerkmal dafür, dass sie sich in den Dienst des gefallenen Gottes gestellt hatte.

Sie stand in einem Beschwörungs-Heptagramm, welches auf der gegenüberliegenden Seite des Raumes auf den Boden gezeichnet war.

„Ihr Narren, damit habt ihr euch in mein Spinnennetz begeben", lachte Agatha von Ingelspfort und begann ihren Herren mit einem Sprechgesang anzurufen: „Oh, dunkler Herr und Erschaffer der Finsternis. Sende mir deinen stärksten Diener! Diese Frevler…"

Auf ein Zeichen von Heinrich webte der Magier einen Zauber der Stille, womit die Inquisitorin ihre Anrufung nicht fortsetzen konnte. Die Stille wirkte aber auch auf die Helden und so kam es, dass die Hochelfe Jamala von einem Steingolem fest umklammert und zu einer Ecke des Raumes geschleppt wurde, weil sie ihn nicht rechtzeitig hören konnte. Dieb, Magier und Priester sahen sich ebenso umzingelt von Golems aus Holz und Lehm.

Der Dieb zückte geschwind sein Messer, nickte zustimmend auf ein Zeichen Heinrichs und verschwand in den Schatten des Kerkers.

Der Magier versuchte mit seinem Zauberstab sich die Gegner vom Leib zu halten, denn in der Stille konnte auch er nicht mehr zaubern.

Heinrichs Plan ging nicht auf, mit den Golems hatte er nicht gerechnet. Er schwang seinen Zweihänder und konnte einen der Feinde vor ihm mit einem glücklichen Treffer töten.

Nun sah er jedoch, dass Jamala fest im Griff des Steingolems in eine eiserne Jungfrau gesteckt wurde.

Der Dieb wurde von einem lebendigen Schatten ergriffen, an der Wand hinaufgezogen und hing wie ein Kronleuchter von der Decke.

Die Helden waren in der Unterzahl und die Situation sah nicht gut für sie aus.

Der Magier musste wieder zaubern können und Heinrich brauchte die Hilfe seiner Göttin, damit sie wenigstens die Königin befreien und gemeinsam fliehen konnten. Auf das vereinbarte Zeichen hin, brach der Magier den Zauber der Stille und ein weiterer Zauber verwandelte den Golem vor ihm in eine schöne Wildrose.

Heinrich rief seine Göttin an: „Oh, Herrin und Beschützerin der Kämpfenden. Bewahre uns vor den dunklen Kräften der Inquisitorin und vertreibe die Furcht aus unseren Herzen, so dass wir die Königin befreien und aus diesem Kerker verschwinden können."

Heinrich rannte auf den Käfig der Königin zu. Ein weiterer Schatten war gerade dabei, sie aus der Käfigtür in den dunklen Strudel zu schubsen.

Zur gleichen Zeit wurde Jamala von ihrem Peiniger in die eiserne Jungfrau gepresst. Heinrich wusste, dass er nicht beide Frauen würde retten können. Ein Lächeln, ein Nicken und ein gehauchter Abschiedskuss von Jamala brannten sich nun als letzte Bilder in seinen Kopf, bevor er sich entschied die Königin zu retten.

Heinrich rannte vom Heptagramm der Inquisitorin aus, quer durch den Raum, auf den Käfig der Königin zu. Diese schrie auf, als sie von einem Schatten, aus dem an der Decke baumelnden Käfig gedrückt wurde. Wie ein schwarzes Loch würde der Mahlstrom unter ihrem Käfig alles in sich hineinsaugen, was man ihm opferte.

Am Rand des Strudels angekommen, machte Heinrich einen Hechtsprung über diesen hinweg, fing dabei die Königin ein und zerrte sie damit auf die andere Seite, wo sie auf sicherem Boden landeten.

Zeitgleich erfüllten quälende Schreie den Raum, als die Tür der eisernen Jungfrau vom Golem brutal geschlossen wurde. Heinrich lief ein grässlicher Schauer über den Rücken. „Gib jetzt nicht auf", sprach er sich Mut zu, „Jamala würde wollen, dass wir die Königin retten."

Der Magier und der Dieb hatten zwischenzeitlich die Inquisitorin und ihren Schatten abgelenkt. Sie verwischten die Kreidezeichnung des Heptagrams. Das machte die weitere Beschwörung des dunklen Dieners durch die Inquisitorin erstmal unmöglich, sodass nun Zeit und Platz zur Flucht war. Diese nutzten die Helden auch und konnten zu viert fliehen.

Heinrich erinnerte sich wie Janina ihn lang und innig küsste, nachdem das Abenteuer beendet war.

„Du bist mein Held Heinrich und ich liebe diese Gefühlsachterbahn beim Spielen. Das war echt intensiv, Leute", sagte sie damals.

In der kommenden Nacht liebten sich Janina und Heinrich, einfühlsam und leidenschaftlich. Am darauffolgenden Morgen bestieg Janina einen Zug zu ihren Eltern, der nie an seinem Zielort ankam.

Heinrich musste an letzten Mittwoch denken, dieser regnerische Tag am Nordfriedhof und wieder spürte er die Tränen in seinen Augen. Er verdrängte weitere Gedanken an den Besuch von Janinas leerem Grab. Man hatte ihre Leiche nach dem Zugunfall nie gefunden.

Sei positiv, rieten es ihm die Autoren so mancher Ratgeber, die er so häufig las und er versuchte es. Aber es funktionierte nicht.

Heinrich machte sich zurück auf den Weg zu seinem Arbeitsplatz. Draußen auf der Terrasse der Cafeteria konnte er Maria sehen, welche von einer Kollegin freundlich umarmt und angelächelt wurde.

Er achtete nicht weiter auf die Szene, ließ Schultern und Kopf nach unten sinken und ging weiter. Die Cafeteria lag gegenüber dem Bürogebäude und beide waren durch eine Straße voneinander getrennt.

Seine Gedanken waren immer noch damit beschäftigt herauszufinden wofür er dankbar in seinem Leben sei. Danke für meine tote Verlobte, dachte er und Tränen nahmen ihm die Sicht.

Der Weltuntergang

„Der Tod unserer angebeteten Königin war nur der Anfang. Die schwarze Inquisitorin will das Eschaton immantenisieren."

Der Kriegerpriester Heinrich kannte diesen Ausdruck aus heiligen Schriften seiner Göttin Zulora, welcher aus dem Munde des königlichen Beraters Udolf von Winterbruch drang.

„Wissender Udolf, wie will das Böse den Weltuntergang heraufbeschwören und was können ich und mein Glaube tun, um das abzuwenden?"

Udolf sprach leise, jedoch glasklar und eindringlich: „Die Inquisitorin hat drei Titanen ins Diesseits beschworen, welche auf dem Weg zu den göttlichen Gefilden sind, um sie endgültig zu vernichten. Sollte das geschehen setzt dies unserer Existenz ein jähes Ende."

Nach einer kurzen Pause fuhr er fort: „Wir bitten euch, Euer Gnaden Heinrich, im Namen der Götter und eines trauernden Königreiches, wendet dieses üble Schicksal von uns ab. Nur ihr könnt uns noch erlösen", sprach der königliche Berater mit ernster und gefasster Miene.

Zurück am Schreibtisch startete Heinrich den Laptop. Ronny warf ihm einen kleinen Stressball an den Hinterkopf und brabbelte sowas wie „Depp". Heinrich ignorierte es, sowie auch das Kichern der Kollegen. Sein Magen fühlte sich wieder an, wie voller Steine.

Er berührte seinen Hinterkopf, wo ihn der Gegenstand getroffen hatte und nahm seinen borstigen, abstehenden Haarbüschel wahr. Nicht, dass er bisher nicht gewusst hätte, dass er da war. Doch auf einmal störte es ihn unglaublich und er merkte zum ersten Mal, dass er etwas mit seinem Spitznamen zu tun haben könnte. Er versuchte sein Haar zu glätten, jedoch wehrte es sich vehement.

Er wollte nicht mehr, dachte er und ließ alle Hoffnung fahren. Auf einmal drängten alle Erinnerungen an Janina in seine Gedankenwelt zurück. Warum wurde sie ihm nur genommen? Er war so glücklich mit ihr. Sie waren eins.

Jetzt fühlte sich sein Leben nur elend und zäh an.

„Euer Gnaden Heinrich, wir müssen weitergehen!"

Knappe Jannes schaute den traurig wirkenden Kriegerpriester von unten herauf an. „Es ist nur noch diesen Berg hinauf, zum ersten Titanen. Ich kann ihn hören!"

Die grunzenden Laute des Riesen waren klar zu vernehmen. Der dumpfe und tiefe Ton war körperlich spürbar und zeugte von Lungen, groß wie Scheunenflügel.

Der Kriegerpriester straffte sich, richtete sich zu voller Größe auf und sprach: „Sehr gut, mein getreuer Knappe. Machen wir uns kampfbereit. Für Zulora und Jamala wollen wir den ersten Titanen niederstrecken!"

Heinrich öffnete die Projektordner seiner Firma in der Cloud. Hier musste irgendwo der Plan für ‚HR 2020' sein.

Er hatte eine Idee, um im Projekt Zeit zu gewinnen: Heinrich fragte sich, ob man nicht einige der Teilschritte im derzeitigen Ablaufplan gleichschalten konnte.

Tatsächlich sah er eine Möglichkeit über einen geschickten Zwischenschritt. Er prüfte aufgeregt den aktuellen Plan auf dessen Aufbau und die Machbarkeit seiner Idee. Und tatsächlich, im aktuellen Projektplan waren notwendige Schritte immer von allen Beteiligten abhängig.

Er öffnete eine neue Datei und machte einen neuen Plan, der seinen Zwischenschritt enthielt. Insgesamt entstand dadurch mehr Arbeit, aber diese konnte besser auf verschiedene Teams aufgeteilt werden. Ein riesiger Vorteil.

Nun vertiefte sich Heinrich vollends in die Planung.

Nummer Eins

Ein riesiger Felsbrocken rollte am Kriegerpriester Heinrich und Knappe Jannes vorbei.

„Bei der heiligen Zulora, das war knapp! Wie sollen wir den Titanen nur erreichen?", schnaufte der Knappe. Der Titan stand geradewegs oben am Berg, welchen er mit Gebrüll und Geröll verteidigte. Das weitere Vordringen auf diesem Weg würde sehr gefährlich und mit hoher Wahrscheinlichkeit tödlich ausgehen, doch dem Kriegerpriester kam eine Idee.

„Oh Herrin, verwandele meine Gestalt. Lass mich im Antlitz einer hübschen Titanin erscheinen. Dergestalt möchte ich dem Ungetüm auf Augenhöhe begegnen und im Zweikampf für dich bezwingen." Heinrichs Stoßgebet an seine Göttin Zulora kostete ihn einen Teil seiner spirituellen Kraft und Jannes konnte, ob der Anstrengung, den Schweiß wie kleine Bächlein Heinrichs Gesicht hinunter rinnen sehen.

Der Knappe versteckte sich, um das Wunder zu beobachten, welches nun geschah und als Heldensage in die Annalen dieses Königreiches eingehen würde.

Des Kriegerpriesters äußere Gestalt wandelte sich zu der einer Titanin. Für die Augen eines Titanen Wohlgestalt, für die eines Menschen eher grobschlächtig. Die Veränderung brachte aber die erwünschte Wirkung, blendete den Titanen und Heinrich konnte sicher den Berg hinauf wandern.

Oben angekommen setzte sich Heinrich unter einen Eichenbaum. Der Titan folgte ihm oder besser gesagt ihr. Heinrich wählte mit diesem Ort sein Schlachtfeld geschickt aus, denn er wusste, im Zweikampf würde der Baum den Titanen behindern.

Kaum wollte der Titan die Titanin freien, deren Gestalt Heinrich angenommen hatte, so löste sich die Illusion auf.

Heinrich stand unter den tiefen Ästen der Eiche und schwang seinen Bidenhänder horizontal durch die Luft. Der Titan wusste sich nicht anders zu wehren, als den Hieb mit seiner rechten Hand abzublocken.

Voller Schmerz schnellte die Hand des Titanen zu seiner Brust, wo die linke die verwundete rechte umklammerte. Da der Titan tief geduckt unter den Ästen stand, war es ein leichtes für Heinrich, seinen Kopf zu erreichen.

Nach dem erfolgreichen Treffer mit dem Bidenhänder ließ er die Waffe fallen und zog sein mit glühenden Runen versehenes Silberschwert, welches er wie ein Geschoss nach oben stieß, direkt in das linke Auge des Titanen. Gelbliche Flüssigkeit ergoss sich über Heinrich, der Titan jaulte vor Leid und der Gestank aus seinem brüllenden Maule nahm Heinrich die Sinne.

„Wenn wir also folgende Applikationen, wie dargestellt entwickeln und mit den von mir vorgeschlagenen APIs, also Application Programming Interfaces, ausstatten, können wir nicht nur das aktuelle Projekt ‚HR 2020' schneller beenden, sondern auch durch die geschaffene Wiederverwendbarkeit die nachfolgenden Projekte. Plus, die Teams können unabhängiger voneinander agieren und somit Arbeit parallelisieren." Heinrich traute sich nicht in die Augen seines Managers Udo Hauser zu schauen. Er hatte gerade, sehr unüblich für ihn, einen zehnminütigen Monolog zu einer Folie präsentiert, die einen neuen Ansatz für das Projekt vorschlug.

Aus einer Ecke seines Bewusstseins schrie eine Stimme: „Schau ihm in die Augen! Los mach schon, das war gut." Heinrichs Blick erhob sich langsam und er suchte den von Udo Hauser, seinem Chef.

Udo war Mitte dreißig, immer gepflegt und in Anzug gekleidet. Er lachte, schaute Heinrich schmunzelnd an und sprach: „Man darf halt nicht alles glauben was man denkt. Nicht wahr, Heinrich? Ich hätte zumindest nicht gedacht, dass Sie einmal mit so einer großartigen Idee um die Ecke kommen."

In Heinrich stieg Hitze auf. Er war Lob nicht gewohnt. Die Hitze steigerte sich und Heinrich merkte, wie der

Angstschweiß auf seine Stirn trat, während Udo weitersprach: „Das Thema muss mit dem Vorstand besprochen werden. Ich organisiere das Meeting und Heinrich, Sie hübschen Ihre Folien noch ein wenig auf, sodass es auch für unsere Executives verständlich ist."

Heinrich hatte keine Ahnung was Executives verstanden und was nicht. Wahrscheinlich hatte es wieder etwas mit ‚zu technisch' zu tun.

„Herr Maurer, es ist schon eine Weile her, als ich noch codiert habe und damals hieß das noch COBOL, aber ich meine, klare und ehrliche Konzepte, zu erkennen. Den Weg über die Abstraktion der Interfaces und der Integrationsapplikationen ist nahezu brillant. Eine große Frage bleibt für mich aber: Wie sollte das denn organisatorisch abgebildet werden, aus Ihrer Sicht?" Der CIO, ein großer schlanker Mann um die fünfzig Jahre alt, der hellwach und präsent war, sah Heinrich mit freundlicher Miene an und wartete geduldig darauf, dass dieser eine Antwort formulierte.

Ein Blick zu Udo, Heinrich durfte ihn jetzt duzen, verriet, dass er von ihm keine wirkliche Hilfe zu erwarten hatte. Heinrich musste improvisieren. Wenn du schon kämpfen musst, dann locke den Gegner auf dein Schlachtfeld. So oder so ähnlich, erinnerte sich Heinrich, stand es in Sun Tzus jahrhundertealtem Bestseller ‚Die Kunst des Krieges'.

Heinrich improvisierte also und stotterte die Antwort hervor, die ihm am machbarsten erschien: „Wir bräuchten ein Team, ähm … welches andere befähigt unsere APIs selbst zu verwenden. Am besten besteht das Team aus einem Lead-Architekten, ähm … Entwicklern und ganz wichtig auch Leuten aus der Fachabteilung. Zum Beispiel vom Team ‚HR 2020'."

Der CIO überlegte und sagte nach quälend langen Sekunden der Stille: „Ich sehe, wo Sie damit hinwollen. Bitte setzen Sie alles wie vorgeschlagen um. Meine Unterstützung haben Sie. Vielen Dank für ihren Einsatz in dieser Firma."

Es geht voran

Vier Wochen und zwei Entwicklungssprints später war nicht nur das Projekt abgeschlossen, Heinrich hatte auch eine Führungsposition als Lead Architect erlangt, Maria wechselte ihre Position im Unternehmen und wurde seine fachliche Beraterin. Ronny hatte es nicht als Entwickler in das Team geschafft, aber er und Maria wurden in der Zwischenzeit ein Paar.

Ronny schwärmte nur noch von ihr und er war nicht mehr so unausstehlich wie zuvor. Er trug nicht einmal mehr seine heiß geliebte Pistolengürtelschnalle. Maria erzählte nie etwas von ihrer neuen Beziehung.

Heinrich und sie verbrachten in den letzten vier Wochen viele Abende zusammen, um alle Themen für die Integration aufzuarbeiten und das Projekt erfolgreich abschließen zu können. Maria hatte die besten Ideen. Sie verwirklichte ein Portal für jene Schnittstellen, die im Rahmen des Projektes entwickelt wurden und es gab Teams, die diese bereits nutzten. Das war ein riesiger Fortschritt.

Nur die SAP Leute waren nicht so begeistert. Sie fürchteten um ihren Status. Maria und Heinrich hatten da, in teilweise sehr emotionalen Gesprächen, viel zu erklären.

So fanden sie sich eines Morgens im Kellerbüro des ‚SAP ERP' Projektteams wieder. Jeder hatte eine Tasse mit SAP Logo, voll mit schwarzem Kaffee, vor sich stehen. Einige Tassen sahen so aus, als wären sie schon ein paar Tage nicht gereinigt worden, hier und da leicht besprenkelt mit braunen Flecken.

„Also Frau Hofer, wir verstehen Ihren Vorschlag unsere SAP BAPIs mit ihren Standard APIs nutzbar zu machen. Aber das bedeutet doch für uns, dass wir die Kontrolle darüber verlieren, wer die SAP Daten benutzt, oder?", sagte der Teamlead Jochen und seine ganze Truppe nickte stumm. Ein paar schlürften, wie zur Zustimmung, an ihrem Kaffee.

„Ja und Nein. Aller Zugriff auf Daten für alle Systeme im Unternehmen wird zukünftig zentral geregelt. Schon wegen der neuen Datenschutzgrundverordnung ist das wichtig", sprach Maria sanft. Sie hatte diese Ausstrahlung, die sie sympathisch erscheinen ließ, egal wie schwierig das Thema war.

„Ja verstehe. Da hat doch SAP ein Softwarepaket für. Es ist gut, dass das nun endlich gekauft wird", antwortete Jochen und sah zuversichtlich aus.

Heinrich schüttelte den Kopf und sagte: „Nein, wir haben kein Budget für Tooling bekommen. Wir implementieren alles selbst. Schaut, ihr seid die einzigen, die eure APIs nutzen können. Alle anderen haben keine Chance und eure Aufgabenliste ist so lang, dass ihr oft nicht helfen könnt."

Maria ergänzte: „Wir brauchen eure Expertise, um unseren Plan umzusetzen und langfristig verringern wir eure Arbeitslast damit sogar."

Heinrich fügte hinzu: „Da ich selbst Entwickler bin, verstehe ich eure Bedenken. Seid euch sicher, dass das nicht eure Stellung als SAP Experten bedroht. Ich glaube es wird euren Ruf sogar verbessern, da andere Projekte schnell an die benötigten Daten kommen. Ihr werdet wie Helden aussehen, die den Projekterfolg ermöglicht haben."

Es lag eine nervöse Anspannung in der Luft. Viele räusperten sich oder tippten mit den Fingern etwas versteckt hinter den Bildschirmen ihrer Laptops auf dem Tisch herum.

Jochen war nicht sehr überzeugt und sagte: „Kommt schon. Ihr wollt alles selbst machen? Wer verwaltet die Software? Mir scheint ein solches Vorgehen zu unsicher. Ich bespreche meine Vorbehalte auf jeden Fall erst einmal mit unserem Management. Aber danke für eure Zeit und Mühe, uns euren Plan zu erklären."

Maria und Heinrich schauten sich an und zuckten mit den Schultern. „Wir haben die volle Unterstützung vom CIO für dieses Vorgehen", ließ sich Maria nun nicht nehmen zu betonen.

Heinrich grinste leicht, aber Jochen war nicht beeindruckt: „Ja, ich kenne Wolfgang, wir haben hier mal gemeinsam angefangen. Ich kann nur sagen, dass das keine gute Idee von ihm ist und das sage ich ihm auch gerne persönlich, falls er sich mal wieder dazu herablässt mit mir zu sprechen. Einen guten Tag zusammen."

Heinrich und Maria mussten einige dieser Gespräche meistern. Mal mehr und mal weniger erfolgreich. Im Großen und Ganzen bildeten sie jedoch ein gutes Gespann und die Projekte wurden merklich schneller umgesetzt.

Nachdem das dritte gemeinsame Projekt erfolgreich durch die letzte Testphase ging, passierte etwas Unerwartetes.

„Komm Heinrich, darauf gehen wir heute noch anstoßen. Hast du Lust?“, fragte ihn Maria mit einem Lächeln.

Heinrich dachte kurz an Janina. Er willigte in das Treffen ein, eher weil er sich schon eine Weile einsam fühlte und Janina vermisste, als dass er Maria toll fand.

In den letzten gemeinsamen Wochen wurde ihm klar, dass Maria Janina nicht ersetzen könnte. Aber der Gedanke, dass Ronny von ihrem Treffen heute nicht unbedingt erfreut sein würde, brachte ihm sogar ein wenig Genugtuung.

In einer der angesagten Münchener Bars in der Maximilianstraße saß er nun und fühlte sich sichtlich unwohl. Er war es einfach nicht gewohnt auszugehen und unter Leuten zu sein.

„Heinrich, du hast dich so sehr verändert. Es ist unglaublich, was wir gemeinsam geschafft haben. Deine Ideen sind großartig und ich möchte dir danken, dass du mich mit ins Team geholt hast“, sagte Maria, nahm seine Hand und streichelte sie sanft. Er selbst empfand sich als gar nicht so verändert. Sein Grübeln verhinderte sogar, dass er Marias Hand wahrnahm.

„Danke Maria“, sagte er, nahm mit seiner freien Hand einen tiefen Schluck Gin Tonic und fuhr fort: „Wir sind ein gutes Team. Es macht mir wirklich Spaß mit dir zu arbeiten

und ich wollte mich noch für das Geschehen im Treppenhaus entschuldigen. Ich weiß wirklich nicht, wie das pas-
sieren konnte."

Heinrich fand Maria war eine großartige Frau, bild-
schön, charmant, sie spielte sogar eine Rolle in einem
Stück im Gärtnertheater. Heinrich hörte in sich hinein, doch
er fühlte keinen schnellen Herzschlag oder Kribbeln im
Bauch. In diesem Moment lächelte Maria ihn an, ihre Lippen
näherten sich denen von Heinrich und sie schloss die Augen.
Er dachte noch, wenn sie Theater spielte, dann könnte sie
doch eine gute Rollenspielerin abgeben.

Nummer Zwei

*„Seht dort, Euer Gnaden!", rief Knappe Jannes
und beide stoppten ihre Pferde. „Ho, ruhig mein
Brauner." Heinrich sah über eine weite Ödnis.
Sie waren an den Rand ihres Landes geritten, um
den zweiten Titanen zu finden. Das karge Land
bot nicht viel außer einer guten Sicht.
Und was sie sahen war verblüffend. Der
Titan sammelte Erde, Steine, ganze Hügel und
türmte sie zu einer Treppe auf. Damit konnten er
und sein verbliebener Kumpane die himmlisch-
en Gefilde erreichen, um die Götter anzugreifen.*

„Herr! Seht doch. Es scheint mir, der Titan sieht aus wie ihr, Euer Gnaden, selbst. Ein riesiges Spiegelbild, welch geisterhafte Zauberei!" Knappe Jannes war sichtlich schockiert.

Der Kriegerpriester war immer noch leicht verletzt und hatte Quetschungen von seinem letzten Kampf. Sein Bidenhänder war unter der Last des ersten Titanen zerbrochen und nun stand er einer riesigen Version seiner Selbst gegenüber.

„Wie um Zuloras Willen soll ich mich nur selbst besiegen?", murmelte Heinrich.

„Ihr müsst euch eine göttliche Rüstung schmieden lassen und einen neuen Bidenhänder. Alles andere wäre euer Untergang. Seht wie riesig dieses Ungeheuer ist. Oh, entschuldigt, natürlich seht ihr nicht aus wie ein Ungeheuer." Knappe Jannes wurde rot wegen dieser versehentlichen Äußerung.

Für einige Zeit herrschte absolute Stille, selbst ein paar Wildschweine am entfernten Waldrand hielten mit ihrem Gewühle inne, nur um zu erfahren in welche Richtung sich auch ihre Welt bald weiterdrehen würde.

„Kontra Jannes! Es ist das genaue Gegenteil mein tapferer Knappe", sprach der Kriegerpriester überzeugt und fing an, sich all seiner Gegenstände und Kleidung zu entledigen. „Nur die Einsicht, dass wir in uns und die göttliche Kraft, die uns leitet, vertrauen müssen, wird uns hier zum Sieg führen."

Heinrich stolzierte nun nackt auf seinen riesigen und schwer gerüsteten Gegner zu. Dabei rief er lautstark seine Göttin an: „Herrin Zulora, gib mir die Widerstandskraft, nur einen Hieb dieses Ungetüms zu überstehen."

Heinrich war sich nicht sicher, ob dieses Stoßgebet seine Herrin erreicht hatte. Er spürte diesmal keine spirituelle Energie fließen. Im Gegenteil, auf einmal spürte er Furcht statt Zuversicht. Der Titan erblickte den nackten Helden und rannte brüllend auf ihn zu, seinen riesigen Zweihänder erhoben, um den Helden mit einem Schlag zu zerteilen.

Heinrich, ohne Rüstung sehr gewandt, wich dem Hieb in letzter Sekunde aus. Dabei stolperte der Titan, ob der Wucht des ins Leere gehenden Schlages, und fiel geradewegs auf den Bauch.

Der Kriegerpriester kletterte dem Titanen auf die Schulter und schmetterte einen Fausthieb an seine Schläfe. Dröhnender Schmerz durchfuhr ihn sowie sein riesiges Ebenbild. Der Titan ließ seinen Zweihänder los, schüttelte sich und Heinrich stürzte von der Schulter. Nachdem beide den Schmerz unter Kontrolle gebracht hatten, richteten die Gegner sich wieder auf.

Sie standen sich nun gegenüber. Heinrich hob wie in Trance die Fäuste zum Schutz vor seinen Kopf und erwartete den tödlichen Hieb des Titanen.

„Sollte ich sterben, stirbst auch du, Ungetüm.

Dann wird nur noch einer von euch übrig sein. Damit werden die Menschen und Knappe Jannes schon fertig. Nun schlag zu, du Scherge!", schrie Heinrich dem Monstrum entgegen.

Wie ein Donnerschlag fuhr der Fausthieb des Titanen auf Heinrich nieder. Knochen brachen unter lautem Knacken.

Die süßen Früchte des Erfolges

„Nein, bitte. Die meisten der Ideen kamen von Maria. Und vergiss nicht die vielen Gespräche, die wir mit all den Teams geführt haben. Ohne Maria hätten wir sie niemals überzeugt. Sie sollte die Beförderung bekommen, nicht ich", sprach Heinrich, der Udo bei einem ihrer Treffen gegenübersaß. Heinrich war fest davon überzeugt, dass die anderen mindestens so viel zu dem Erfolg beigetragen hatten, wie er selbst.

„Keine Sorge, Frau Hofer wird ebenso befördert", sagte Udo mit einem Zwinkern. „Ihr werdet das Integrationsteam gemeinsam leiten. Du von der technischen, Maria von der fachlichen Seite. Wir möchten das Erlernte nun auch in unsere Produktionsprozesse einführen. Vom Einkauf bis hin zum Vertrieb soll alles integriert werden, sodass unsere

Geschäftsführung auf einem einheitlichen und ganzheitlichen Datensatz Entscheidungen treffen kann. Am besten in Echtzeit."

Heinrich dachte nach. Udos Vorstellungen wären sehr knifflig umzusetzen, mindestens zwanzig Applikationen müssten neu angebunden werden. Die Beförderung bedeutete also in erster Linie extrem viel und vor allen Dingen herausfordernde Arbeit.

„Ok, ich mache es", sagte Heinrich und atmete langsam aus. Ein Gefühl von Aufgeregtheit machte sich breit, das er lange nicht gespürt hatte. Er hatte eine Vision, wie er das Projekt in Zusammenarbeit mit Maria möglich machen könnte. Ein Ziel anstreben, sozusagen das ‚Ende im Sinn haben' war auch ein häufiges Thema in seinen Ratgebern.

„Du kannst noch zwei Leute in dein Team promoten Heinrich … deine Wahl … deine Gehaltsstufe steigt auf Zehn. Mit Bonus also um die fünfundneunzig tausend pro Jahr", las Udo mit kleinen Pausen von seinem Merkzettel vor. „Dein Titel wird ‚Platform Architect Integration' lauten. Ich hoffe das passt für dich", er grinste, reichte Heinrich die Hand und sagte: „Damit gratuliere ich dir zu Beförderung Heinrich. Du hast dich wirklich gemacht. Meinen Respekt."

„Danke Udo, deine Worte bedeuten mir viel", Heinrich lächelte aus tiefstem Herzen, konnte jedoch ein paar Bedenken nicht loswerden: „Aber sag mal, nur so aus Neugier, bekommen wir das Budget, uns ein Integrationstool für die ganzen anstehenden Aufgaben zu kaufen?", fragte Heinrich. „Natürlich nicht! Deswegen bezahlen wir dich ja. Oder sollen wir dein Gehalt einem Lieferanten geben?", war die zu erwartende, fast brüskierte Antwort.

Vier Wochen später wurde auch Maria befördert. Sie hatte sich von Ronny getrennt, was Heinrich nur durch die Gespräche von Kollegen mitbekam und es kursierten Gerüchte, dass Maria Ronny nicht gerade gut behandelt hatte. Es war die Rede davon, dass Maria ihm verbot seine auffälligen Gürtelschnallen zu tragen und sich mit Kollegen zu treffen, mit denen er sonst häufig einen trinken war. Für viele war Ronny nun Ziel von Spott und Hohn.

Heinrich selbst hatte Ronny seit den Projekttagen um die ‚SAP zu Workday Integration' nicht mehr gesehen. Maria ließ sich nichts anmerken und sie machte ihren Job als Co-Lead des Integrationsteams grandios.

Viele weitere Wochen gingen ins Land bevor Heinrich eine WhatsApp von Ronny bekam.

„Hey man, hast du morgen Abend Zeit für ein Bier…!? Lass uns mal über die alten Zeiten sprechen. ;) Gruß Ronny."

Heinrichs Aufstieg bei der Firma lag nun bereits ein paar Monate zurück und an Ronny hatte er nicht oft gedacht. „Hi Ronny, klar. Lass uns im Café Freiraum treffen ab 19 Uhr. Ist in der Pestalozzistraße. Ich reserviere für uns."

Ronny war erstaunt als er Heinrich wiedersah. Er war locker und modisch gekleidet, tailliertes Hemd und schwarze Jeans. Aber irgendetwas war noch anders. Er sah nicht mehr so albern aus. Er hatte einen anderen Haarschnitt und seine Haltung hatte sich verändert.

„Na Heinrich, alles fit?", eröffnete Ronny das Gespräch. Er wirkte müde und sein Lächeln gezwungen. Nach ein paar Bier wurde das Gespräch lockerer und Ronny berichtete von den Dingen, die ihn aktuell beschäftigten.

Heinrich war schon damals in den gemeinsamen Pro-
jekten aufgefallen, dass Ronny auf bestimmten Webseiten
mit Wertpapieren handelte. Er dachte, er würde Aktien han-
deln oder sowas. Nun wurde er eines Besseren belehrt.

„Also steig ja aus Litecoin aus. Der Gründer, ein Kerl
namens Charlie Lee, hat 100 % seiner Anteile verkauft. Was
würdest du sagen, wenn Jeff Bezos 100 % seiner Amazon-
Anteile verkauft?“

Heinrich nickte und fragte höflich: „Also was würdest
du als Crypto-Investment vorschlagen?“ Ronny war nun auf
seinem Gebiet. „Ok, deck dich mit Bitcoins ein, nimm die
Dips mit. Damit kannst du langfristig nicht viel falsch machen. Schau dir Stellar an und Monero. Coole Coins. Lass die
Finger von Ripple, das ist nicht dezentral. Und ein Geheim-
tipp ist 0x, der erlaubt dezentrale Exchanges.“ Ronny war
sichtlich aufgeregt und seine Augen funkelten.

„Ich glaube du solltest deinen Job wechseln, Ronny“,
lachte Heinrich und nahm einen Schluck von seinem Hellen.

„Und ich glaube, da ist was dran! My job sucks! Aber
denke an die Regel der Crypto-Szene: DYOR – Do Your Own
Research! Bitte schiebe nichts auf mich, wenn das mit den
Coins bei dir nicht aufgeht.“ Auch Ronny nahm einen tiefen
Schluck Bier, schaute Heinrich grinsend an und fuhr fort:
„Wusstest du, dass man in Zug in der Schweiz mit Bitcoins
seine Steuern zahlen kann? Ich sage dir, Crypto ist in einer
Phase, in der du einsteigen musst. Die institutionellen In-
vestoren gehen nun stark rein. Wenn die Massen kommen,
geht das voll ab. Derselbe Zyklus wie in den Neunzigern mit
dem Internet, viele ahnten das Potential. Die Frage ist nur,
wie wusste man 1998, dass Google ein Pferd war, auf das

man setzen sollte?"

Ronny schnappte sich ein paar Oliven, knabberte den Kern raus und fummelte mit diesen auf seinem Teller vor ihm herum. „Du kennst doch die Winklevoss Brüder oder? Die eigentlichen Facebook Erfinder, die der Zuckerberg verarscht hat." Heinrich hatte es, bis auf seinen Parship-Account, nicht so mit sozialen Netzwerken aber den Film ‚Social Network' hatte er gesehen.

„Ja, von den beiden habe ich schon mal gehört", sagte er und Ronny empfand das als Aufforderung fortzufahren: „Die haben bei der Börsenaufsicht SEC, also der Securities and Exchange Commissions, in den USA einen ETF, übersetzt ‚Exchange Traded Fund', auf Bitcoin beantragt. Wurde natürlich erstmal abgewiesen, aber die geben nicht auf. Andere Banken versuchen das nun auch. Stell dir vor, wie die Sache abgeht, wenn der erste Bitcoin ETF durchgeht oder Amazon oder Ebay auch Crypto zur Zahlung akzeptieren!", Ronny holte Luft.

„Ja das klingt wirklich krass", war alles was Heinrich einfiel. Er kam nicht mehr wirklich mit. „Aber wie können die Menschen davon profitieren?", fragte Heinrich und Ronny überlegte kurz.

„Ganz einfach, schau dir die Lirakrise in der Türkei oder die schwächelnde Konjunktur in Argentinien an. Der Bitcoin ist in beiden Ländern auf Hochkonjunktur. Die Leute flüchten sich in Crypto und behalten damit einen Teil ihrer Ersparnisse und können auch noch Geld ins Ausland transferieren. Auch eine, von der Regierung erzwungene, Schließung der Banken interessiert nicht mehr. Argentinische Banken machen sogar schon Transaktionen ins Ausland in

Bitcoins", Ronny hielt inne und Heinrich schaute ihn nur mit einem Lächeln an, „aber nun genug von mir. Wie geht 's dir nach der Beförderung?"

„Alles in bester Ordnung. Ich bin glücklicher jetzt. Die Beförderung lässt mir zwar wenig Zeit für Sport und Lesen, aber wir bekommen viel Anerkennung und vor allem auch viel besseres Gehalt. Das macht schon Spaß." Heinrich nahm einen letzten großen Schluck aus seinem Glas.

„Hast du noch diese Tagträume? Die haben dich öfter ausgeknockt. Weißt du noch, als du Maria auf der Treppe geschubst hast?", fragte Ronny sehr direkt. Die Biere zeigten ihre Wirkung.

„Hmm, nein. Gar nicht mehr so oft. Ich kann mich wirklich nicht mehr daran erinnern, wann mein letzter Tagtraum war. Ja, Maria ...", Heinrich dachte kurz nach bevor er fortfuhr, „sie ist eine unglaublich professionelle Arbeitskollegin. Wieso ging es mit Maria denn zu Bruch? Ich habe da merkwürdige Gerüchte gehört."

„Man Alter, falsches Thema. Die spinnt einfach, echt." Ronny war das Thema offensichtlich nicht angenehm.

„Was meinst du damit?", bohrte Heinrich neugierig nach.

„Man, sie hat mich fertig gemacht ...", Ronny wurde rot während er sprach. „Sie erzählte mir jeden Tag, was für ein Schlappschwanz ich sei und wie sehr du es ihr besorgt hast. Ich musste immer nach ihrer Pfeife tanzen. Voll ätzend."

Ronnys Augen blickten starr auf sein Bier. Er schaute nun vorsichtig auf und sah Heinrich an und fragte: „Hattest du was mit ihr, als sie noch mit mir zusammen war?"

Es war nun klar, dass das sicherlich einer der Gründe

war, warum Ronny sich mit Heinrich treffen wollte. „Nein, ich habe nichts für sie empfunden und da war rein gar nichts", antwortete Heinrich und war sichtlich entsetzt, dass Ronny von einer Frau so sehr dominiert werden konnte.

Er dachte, er sei ein harter Typ. Andererseits war Heinrich auch überrascht über Marias Verhalten. War sie so unsicher, dass sie Ronny klein halten musste oder ist sie die Beziehung eingegangen, ohne Ronny wirklich gemocht zu haben?

Heinrich wurde von seinem Gesprächspartner aus den Gedanken gerissen: „Weißt du, ich wollte einfach mal ins Kino oder ne Runde Netflix mit ihr schauen. Gemeinsam Zeit haben. Aber sie war ständig am nächsten Kick interessiert. Sie schleifte mich sogar in nen Swingerclub … ach vergiss es", sagte Ronny und wischte sich mit seinem Arm übers Gesicht.

„Pass auf, Alter", sagte Heinrich. Er hatte schon Ronnys Sprache angenommen, „ich habe eine Idee. Du kommst in unser Integrationsteam. Ich habe eine neue Stelle zugesichert bekommen. Wenn du willst, nehme ich dich da mit auf. Zumindest wenn es dich nicht stört, dass Maria auch dabei ist."

Tücken der Ritterlichkeit

Ronny saß im Wartezimmer des Facharztes für Urologie. Als er noch mit Maria zusammen war, drängte sie ihn sich testen zu lassen. Auf Krankheiten, HIV und natürlich auch auf Fruchtbarkeit. Nun wartete er, hinein gerufen zu werden, um die Ergebnisse mit dem Arzt zu besprechen. Er war entspannt und seine Gürtelschnalle zog im Wartezimmer alle Blicke auf sich.

„Herr Müller bitte!", rief eine der Schwestern ins Wartezimmer. Ronny, der im Stuhl lümmelte, sprang auf und schlenderte in das Behandlungszimmer. Es roch komisch, schwer für ihn zu sagen, was es war. Es erinnerte an eine Mischung aus Putzmittel und faulem Ei.

„Servus", ließ Ronny sich locker vernehmen und streckte dem Arzt die Hand zur Begrüßung entgegen. Dieser stand auf, erwiderte den Gruß und bat Ronny mit einer Geste sich zu setzen.

„Herr Müller, wie fühlen Sie sich heute?", fragte der Arzt höflich.

„Soweit ganz gut. Was sagen denn die Ergebnisse? Habe ich AIDS oder warum fragen Sie?", witzelte Ronny.

„Nein, Sie haben kein AIDS. Aber wir haben trotzdem etwas Beunruhigendes gefunden. Laut Untersuchungsbericht haben Sie erhöhte afp-Werte und damit besteht der Verdacht auf ein Hodenkarzinom. Würden Sie sich bitte unten herum frei machen? Ich möchte ihre Testikel untersuchen", fasste der Arzt zusammen und Ronny blieb die Luft weg.

Die Sonne ging gerade unter, es wurde kühler und das kleine Dorf nahe des berüchtigten Keilerwaldes wurde langsam in Dunkelheit getaucht.

„Bei den Göttern, helft mir doch, ich ertrinke", lallte ein Ritter namens Ronald. Er lag in einer Pfütze vor der Schenke des Dorfes. Sein Gesicht war mit Schlamm verschmiert und seine Erscheinung war liederlich. Selbst sein Harnisch und seine Bewaffnung änderten nichts daran. Ronald war sturzbetrunken.

Ein kleiner Junge rannte zu ihm, spuckte ihn an und trat ihm gegen die Hüfte. „Wir mögen hier keine Diener der Königin, sagt mein Papa", sprach der Junge mit grimmigem Gesicht, „und du hast meine Schwester ermordet. Verschwinde bloß du Mörder!"

Ronald wollte doch nur helfen, erinnerte er sich. Im Keilerwald erschien öfter ein Spuk, eine geisterhafte und böswillige Erscheinung, welche die Kinder des Dorfes entführte. Da Ronald eine magische Waffe besaß, konnte er als einer der wenigen diesem Wesen etwas anhaben und es damit auch bekämpfen.

Jedoch hatte der Spuk einige der entführten Kinder mit einer Illusion belegt, so dass sie ebenfalls wie ein Spuk aussahen. Als Ronald auf die Kinder im Wald traf und diese auf ihn zuliefen, sah er also nur spukhafte Erscheinungen.

Ronald bekämpfte diese mit seinem

magischen Schwert und erst als die letzte Erscheinung bezwungen war, erkannte er seinen Fehler. Anstatt sie zu retten, hatte er die Kinder des Dorfes getötet.

Er flehte die Götter um Gnade an und fragte sich, warum sie das zugelassen hatten. Dann erschien der wahre Spuk. Augenblicklich löste er eine Gänsehaut beim kampferprobten Ritter aus und seine Sinne waren bis aufs Äußerste geschärft.

Wie in Trance schwang er sein Schwert. Mit der Eleganz eines Schwertkämpfers und der Gnadenlosigkeit eines Berserkers besiegte er die spukhafte Erscheinung.

Daraufhin schleppte sich Ronald in die Schenke des Dorfes, betrank sich hemmungslos und unter dem Einfluss von Bier und Schnaps beichtete er, was ihm widerfahren war. Die Dorfbewohner im Schankraum prügelten aus Trauer, Verzweiflung und Wut auf ihn ein und er ließ sie gewähren. Sie nahmen ihm alle Taler ab und schmissen ihn vor die Tür.

Ronald lag noch immer in der Pfütze als sich ein Mann neben den Jungen stellte und verächtlich sagte: „Und falls ihr es noch nicht vernommen haben solltet…", er machte bewusst eine Pause bevor er fortfuhr: „eure geliebte Königin wurde von unserer Herrin, der Inquisitorin, geholt. Jawohl! Der schwarze Schatten hat sie getötet!"

Diese schreckliche Neuigkeit trieb dem Ritter

Ronny behielt die schlechte Neuigkeit für sich. Es hatte sich etwas in ihm geändert und auch, wie er die Welt wahrnahm. Er freute sich über Kleinigkeiten, wie eine schöne Blume am Wegesrand, dass die Sonne schien, dass es regnete, dass es Pudding in der Kantine gab und dass Maria so häufig lachte.

Maria bemerkte die Veränderung an Ronny. „Ich muss dir etwas sagen Ronny", sprach sie ihn eines Tages nach Feierabend an. Sie lächelte freundlich, er erwiderte das Lächeln sanft und nickte.

„Du weißt ja, dass ich einen neuen Freund habe. Wir werden auch bald heiraten", sagte Maria vorsichtig. Er nahm Maria bei den Händen, schaute ihr in die Augen und antwortete: „Ich freue mich sehr für euch Maria! Ehrlich, ich bin darüber hinweg und wünsche mir, dass du glücklich bist."

„Das erleichtert mich sehr, weißt du? Und da ist noch etwas", sagte sie dann leise und schaute nach unten. Ronny nahm ihr Kinn, schob es nach oben und sagte: „Ich höre dir gespannt zu Maria."

„Ich bekomme ein Kind und ich denke es ist von dir", sagte sie leise. Ronny stockte kurz und jubelte dann laut: „Das ist ja großartig!", er hielt inne und mit Tränen in den Augen sprach er, „ich möchte dir auch etwas sagen."

Die Insel der Träume

Kriegerpriester Heinrich und Ritter Ronald waren auf ihrem Schiff unterwegs, auf der Suche nach dem dritten und letzten Titanen.

Knappe Jannes pflegte Schwerter und Rüstzeug der beiden Kämpfer, indem er sie mit Schleifstein und Lappen schärfte und polierte.

Der Ritter hatte sich der Gruppe vor kurzem angeschlossen. Er war der Neffe der verstorbenen Königin und zuvor von seiner Heldenfahrt aus dem Keilerwald zurückgekehrt.

Jedoch sprach er mit keinem Wort über die Geschehnisse in dem kleinen Dorf nahe dem verwunschenen Forst. Dies blieb sein dunkles Geheimnis.

Heinrich und Ronald lieferten sich einen heftigen Faustkampf, um Götterfurcht, Stärke und Anführerschaft auszustreiten. Beide waren immer noch mit starken Blessuren versehen. Heinrich war knapp als Sieger hervorgegangen, da Ronald vom Schein der Sonne unglücklicherweise geblendet wurde und einen Schwinger auf seine Schläfe nicht kommen sah.

Wieder blendete Ronald die Sonne. Diesmal jedoch, da sie sich im blanken Stahl seines Schwertes spiegelte, welches Jannes reinigte. Er schützte seine Augen und als er wieder aufsah, erblickte er ein Eiland, auf welches sie zusteuerten.

Als die drei Helden anlegten, fanden sie eine Insel
vor, welche nur von Frauen bewohnt war.

„Seid gegrüßt, ihr großen Helden", schmei-
chelte ihnen die Herrscherin der Insel. „Mein
Name ist Imene und wir sind ein Volk von Frauen,
die sich der Gastfreundlichkeit, des Lernens
und der Arbeit verschrieben haben. Kommt nur
auf unsere Insel und seid unsere Gäste. Es soll
euch an nichts fehlen", sprach die großgewachsene
Frau freundlich. Sie hatte ein sonnengebräuntes
Gesicht und die großen braunen Augen eines Rehs.

„Im Namen Zuloras, wir danken euch für
eure Gastfreundschaft. Wir sind auf der Suche
nach dem letzten der drei großen Titanen, welche
die Gefilde unserer Götter angreifen. Der
dritte Unhold kann nicht mehr weit sein und jede
Möglichkeit, wieder zu Kräften zu kommen,
nehmen wir gern an. Habt Dank ihr lieben Frauen
dieser wunderschönen Insel."

Ritter Ronald und Knappe Jannes wurden
sogleich mit einem Festmahl verwöhnt und
schliefen dann friedlich ein.

In der Zwischenzeit trug die Herrscherin der
Insel eine Bitte an den Kriegerpriester heran:
„Euer Gnaden, habt ihr ein Ohr für die Bitte einer
einsamen Herrscherin?"

„Sprecht nur, meine gute Imene. Ich will euch
wohl jeden Wunsch erfüllen", antwortete Heinrich
und richtete seine volle Aufmerksamkeit auf die
Bittstellerin.

„Nun Euer Gnaden, meine Bitte ist heikel und ich hoffe sie erzürnt euch nicht.“

„Ich wüsste nicht, wie ihr mich erzürnen könntet, liebe Imene. Ihr seid eine freundliche Frau und gutmütige Herrscherin. Fragt, was euch auf der Zunge brennt“, antwortete der Kriegerpriester sanft.

„Euer Gnaden, ich suche nun schon seit langem nach dem passenden Gemahl, der sowohl ein guter Regent als auch stattlicher Vater meiner Kinder sein wird. Ihr scheint mir der perfekte Kandidat“, sprach Imene mit betörend schöner Stimme.

„Verzeiht liebste Herrscherin. Meine Liebe und Zuneigung gilt allein meiner Göttin Zulora. Ich lebe und liebe nur für sie und deswegen auch in vollkommener Enthaltsamkeit. Ein Eheversprechen einzugehen würde bedeuten das Band mit meiner Göttin zu zerschneiden“, antwortete Heinrich, der sich sein Geheimnis nicht ansehen ließ.

Er fühlte sich nicht besonders wohl mit seiner Lüge. Hatte er sein Band mit der Göttin schon zerschnitten, da er Jamala ebenfalls liebte?

„Nun, so sei es, edler Kämpfer der Zulora. Bitte fühlt euch immer willkommen und nehmt mir meine Direktheit nicht übel. So wie ich auch für eure Offenheit danke“, sagte Imene, der keine Traurigkeit anzusehen war. „Lasst uns ein Fest feiern, um die traurigen Gedanken zu vertreiben.“

Ein großes Fest wurde veranstaltet und Ritter Ronald genoss es in vollen Zügen. Er ließ sich mit besten Speisen füttern, nur den besten Wein einschenken und unterhielt die Frauen um sich herum mit atemberaubenden Geschichten über Heldenmut und Ehre. Alle Augen waren auf ihn gerichtet.

Heinrich und Jannes hielten sich mit dem feiern zurück, doch beide hatten verschiedene Gründe dafür.

Heinrich grübelte über seinen Glauben und die Liebe zu Jamala. Konnte die Herrscherin gewusst haben, dass sie mit ihrer Frage Zweifel in ihm säte?

Sein Knappe Jannes war diesem Schauspiel mehr als misstrauisch gegenüber. Irgendetwas stimmte hier nicht und er nahm sich vor herauszufinden, was das war.

Das Fest dauerte bis tief in die Nacht hinein. Ritter Ronald sollte ein besonderes Geschenk zuteilwerden. Er wurde von einer jungen Dienerin zu seinem Gemach begleitet, die ihm half, sich auszukleiden. Ronald dachte sie wollte gehen, doch sie schloss die Tür von innen, blies die Kerzen aus und entkleidete sich im Schein des Mondes.

Die nackte Dienerin stieß einen leisen Pfiff aus, bewegte sich mit geschmeidigen Bewegungen ihrer Hüfte auf Ronalds Bett zu und aus der Seitentüre traten zwei weitere Frauen hinein. Ronald dachte noch, er sei auf der Insel seiner Träume.

Heinrich begab sich ebenfalls in sein Zimmer,
um zu beten und seine Gefühle zu ergründen. Er
ahnte, dass es langsam Zeit wurde weiterzuziehen.

Knappe Jannes jedoch versteckte sich hinter
Imenes Thron. Als sie dachte, alle Helden wären
zu Bett gegangen, besprach sie sich mit ihren
Beraterinnen.

„Der Titan gab uns die Aufgabe, die drei
Frevler aufzuhalten, jedoch scheint nur der
Ritter mit dem dunklen Geheimnis in unsere
Falle getappt zu sein. Dem Götzendiener Heinrich
konnte ich Zweifel gegenüber seiner Göttin ein-
pflanzen. Dieser Knappe Jannes jedoch scheint
einen schwer zu beeinflussenden Geist zu haben.“

„Wir sollten morgen Abend den Spiegel des
Titanen auf die Männer richten, eure Hoheit“,
schlug eine der Beraterinnen vor, „dann sind
wir sie los. Sie werden sterben oder ihren Verstand
verlieren.“

„Der Titan übergab uns diesen Spiegel, um
ihn zu beschützen, es ist die einzige Waffe, die
ihn vernichten kann. Wir sollten ihn nicht offen-
baren. Noch nicht“, konterte die Herrscherin.
„Wir werden sie umbringen. Morgen Nacht, wie
wir es mit unseren Männern getan haben.
Wir machen sie betrunken, betören sie, gewinnen
ihr Vertrauen und flößen ihnen Gift ein.“

„Euer Gnaden, verehrter Ritter, wir müssen dieses
Eiland verlassen. Die Weiber vergiften euch und

„Alter, ich habe Tagträume seitdem ich in deinem Team arbeite", sagte Ronny spät abends in einer der üblichen Nachtschichten.

Heinrich schaute ihn an. Er wollte ergründen, ob Ronny das ernst meinte, denn auch er hatte wieder Tagträume.

„Wir sollten von der Insel verschwinden", sprach Heinrich und Ronny nickte wissend.

„Wat ne abgefahrene Scheiße ...", murmelte Ronny vor sich hin.

*Sicher, dass der Spiegel mit dem übergewor-
fenen Vlies niemandem etwas anhaben konnte,
trug Jannes den Spiegel hinaus. Heimlich brachte
er ihn auf das Schiff, während Ritter Ronald
und Kriegerpriester Heinrich die Frauen bei einem
der nächtlichen Feste ablenkten.*

*Sobald alle zu Bett gegangen waren, schli-
chen sich die Helden aus dem Schloss der Herrscherin. Da sie auf dieser Flucht einen unüblichen
Weg nahmen, stolperten sie in der Dunkelheit
zufällig über eine Geheimtür im Boden. Als sie
diese öffneten, fanden sie die Leichen der ermor-
deten Männer der Insel.*

*Nun waren sie sicher, dass die Frauen Diener-
innen des Titanen waren. Sie flüchteten von der
Insel und segelten ihrem schicksalhaften Kampf
entgegen.*

Ronny und Heinrich saßen im Auto auf dem Heimweg. Heinrich setzte Ronny öfter nachts daheim ab, wenn es zu spät für die öffentlichen Verkehrsmittel geworden war. Er wohnte ziemlich weit draußen.

Heinrichs Motorwarnlampe leuchtete nun schon seit zwei Tagen, morgen hatte er einen Werkstatttermin deswegen. Es kam, was kommen musste, genau jetzt gab das Auto nahe dem Hauptbahnhof den Geist auf.

„Mist. Ich rufe mal den ADAC an", sagte Heinrich und kramte seine Mitgliedskarte raus.

Dann ging alles sehr schnell.

Ronny wurde aus dem Auto gezogen. Er strampelte wild, zwei Männer hielten ihn fest. Ein dritter stand drohend vor ihm. Ein Messer blitzte im schwachen Licht einer Straßenlaterne.

„Los euer Geld her ihr Opfer", sagte einer der Männer. Heinrich kramte zitternd in seiner Geldbörse, stieg ebenfalls aus dem Auto, umrundete es an der Motorhaube und streckte den Männern seine letzten Scheine entgegen.

„Haut bloß ab ihr Schwachköpfe, von mir bekommt ihr nichts. Denkt wohl ihr Wichte macht mir Angst! Noch nicht mal Haare am Sack aber nen Kamm in der Tasche!", rief Ronny heiser.

Nummer Drei

Auf ihrer Reise segelten die Helden an Vulkanen vorbei, welche von Zwergen bewohnt wurden. Diese hatten die Helden und ihre heilige Mission erkannt und luden sie daraufhin zum Verweilen ein.

Als Zeichen ihrer Anerkennung des Heldenmuts, reparierten sie Heinrichs Bidenhänder und schleiften ihn zehn Tage und Nächte, um diesem eine besondere Schärfe zu verleihen. Der Harnisch von Ritter Ronald wurde verstärkt und gesegnet.

Nach zwei Wochen der Rast und dem Schüt-
teln vieler kräftiger Zwergenhände reisten die
Helden weiter, überhäuft mit Glückwünschen für
ihre Heldenfahrt.

Die mutigen Krieger stellten den Titan an einem
Ort, der ihnen vorkam, als bestünde er lediglich
aus schwüler Hitze. Es machte das Atmen schwer
und der Schweiß rann den Kämpfern in Strömen
unter ihren Harnischen den Körper herunter.
Es war später Nachmittag, die Dunkelheit
brach mit blutroten Farben über die Welt hinein
und fremdartige Tiere stießen unheilvolle Geräusche aus.
Die Helden fuhren einen langen Fluss hinauf,
bis sie in einem morastigen Gebiet den dritten
Titanen fanden. Von zahllosen Mücken zerstochen,
belauerten die Helden ihren Gegner.
Der Titan maß sicherlich fünf Schritt in der
Höhe und war bullig, vergleichbar mit einem
Stier. Aus seinem Kopf wuchsen fünf Hörner, zwei
an seinen Schläfen, eines mitten auf der Stirn
und zwei, wie schwere Dolche nach vorn gekrümmt,
traten hinter seinen Kiefern hervor. Der Titan
brüllte tierisch und aus seinem fauligen Maul
folgte ein übler Gestank. Sein Gesicht war übersät
mit eitrigen Beulen, jede von ihnen kurz vor dem
Platzen und schwere Krankheiten versprechend,
sollte man mit ihnen in Berührung kommen.
Die Arme des Titanen waren lang wie Schlangen,

der fette Leib aufgedunsen und übelriechend
wie eine Wasserleiche. Nur ein fetzen Haut eines
toten Tieres verdeckte seine Scham.

Kriegerpriester Heinrich erkannte in ihm
einen der mächtigsten Titanen, der wohl je
auf der Erde gewandelt war. Seiner Kenntnis nach
gab es eigentlich nur einen viergehörnten Titanen.
Allein dieser hatte dafür gesorgt, dass ein ganzes
Königreich ausgerottet worden war. Wozu war
dann ein Fünfgehörnter im Stande?

Heinrich schauderte es.

Knappe Jannes hatte auf dem Boot den
Spiegel ausgerichtet und konnte jederzeit das
Vlies entfernen, sollte der Titan sich ihm nähern.

Kriegerpriester Heinrich erhob den neu
geschmiedeten Bidenhänder und war schlagbereit.

„Du Wünzlüngen stärbän nd dänn eure
Göttä!", brüllte der Titan.

Ritter Ronald hatte die Reichweite der
Schlangenarme unterschätzt und nun hatten
sie ihn blitzschnell erfasst. Der Titan drückte den
Helden so stark in seiner Faust, dass man die
Rippen knacken hörte. Er hatte keine Möglichkeit
dem eisernen Griff zu entkommen, doch hatte
er genug Glück und Geschick, sein Schwert aus
der Scheide zu ziehen.

Ronald zog es über die Handfläche des
Titanen, sodass dessen aufgedunsene Haut auf-
sprang, wie ein praller Mehlsack.
Der Titan brüllte vor Schmerz, den ihm dieser

kleine Menschenwurm zugefügt hatte. Diese Irritation reichte, damit sich die Hand des Titanen leicht öffnete.

Den Ritter durchzogen die Schmerzwellen wie Blitze, aber noch war er nicht frei. Sein Oberkörper war zerquetscht, trotz allem nahm er seine ganze verbleibende Kraft zusammen und hieb sein Schwert Richtung Auge des Titanen.

Dieser drehte im letzten Moment den Kopf weg, sodass das Schwert sein Jochbein traf. Ronald schnitt dem Titanen eine lange Wunde ins Gesicht, welche auch eine der Eiterbeulen öffnete. Ein Schwall von grünem, stinkendem, ekelerregendem Saft ergoss sich über Ronald, der sich sofort übergeben musste.

Als der Titan seine Hand zum Schutz ans Gesicht führte, ließ er Ronald endlich los, welcher daraufhin drei Schritt in die Tiefe fiel.

„Du solltest Angst haben, Arschloch", sagte einer der Männer hämisch. Mit einem sadistischen Grinsen im Gesicht schnitt er Ronny quer über seine Stirn.

Aus der langen Wunde rann das Blut über Ronnys Augen. Er schrie vor Schmerz und bäumte sich dabei gequält auf. Der Mann, der ihn festhielt, war sichtlich überrascht, sodass sich Ronny mit ein paar Hieben seiner Ellbogen befreien konnte.

Wegen all dem Blut konnte er nichts mehr sehen. Der Messerstecher schrie: „Bleib stehen du Opfer!", und hieb

Ronny das Messer unter die Rippen.

Heinrichs Herz schlug ihm bis zum Hals. Sein Mund war trocken und alles schien wie in Zeitlupe zu vergehen. Er spürte eine furchtbare Panik und hatte das Gefühl sich gleich einzunässen.

„Steigt in die Kutsche Ritter Ronald!", brüllte er und rannte auf den Messerstecher zu.

Der Kriegerpriester hieb mit dem Bidenhänder auf die Wade des Titanen ein. Unter den Treffern der geweihten Waffe platzte die Haut regelrecht auf. Der Titan wankte zurück und obwohl es nicht danach aussah, dass er erheblichen Schaden nahm, war ihm der Ansturm sichtlich unangenehm und schmerzhaft.

Heinrich nutze die freie Zeit für ein Stoßgebet an seine Herrin.

„Heilige Zulora, heile unsere Wunden und gib uns die Kraft den Kampf zu überstehen. Erfülle das Herz unseres Feindes mit Furcht und Hader, aber erhelle die unseren mit Mut und Zuversicht!"

Ein kräftiger Windstoß ließ den Titanen weiter nach hinten Taumeln, was den Helden wenige Momente zum Verschnaufen gab.

Der Kriegerpriester blickte plötzlich wie durch fremde Augen auf eine asphaltierte Straße. Er sah den verletzten Ronny und erkannte die Ähnlichkeit mit Ritter Ronald.

Heinrich der Priester verstand die Situation und dachte gefasst zu sein, wie immer. Jedoch spürte er auch eine furchtbare Panik und hatte das Gefühl sich gleich einzunässen.

„Steigt in die Kutsche Ritter Ronald!", rief er, ohne ein besseres Wort für das fremde mechanische Gefährt gefunden zu haben, auf das er blickte. Dann sah der Kriegerpriester einen fremden Gegner – der nur ein lächerlich kleines Messer trug – und rannte auf diesen zu.

Showdown!

Im Sprint auf den Messerstecher sprang Heinrich hoch und kickte ihm mit dem Fuß voraus ins Gesicht. Das Messer fiel auf den Gehweg. Heinrich landete unsanft daneben und griff danach.

Der Messerstecher lag nun ein paar Schritte vom Auto entfernt, die Hände vorm Gesicht.

Heinrich sprang auf, fuchtelte mit dem Messer herum und lachte irre: „Ich bin ein Irrer! He he he!", rief er, „denkt ihr, ich habe Angst zu verrecken? Euch Penner mache ich alle kalt!"

Der Irre verspürte eine unbändige Energie und gleichzeitig vollkommene Gleichgültigkeit gegenüber seinem

Leben. Zwei der Angreifer bekamen es nun mit der Angst zu tun und rannten davon.

Ab in die Kutsche, dachte Ronny und war schon mit einem Bein im Auto.

„Und du?", brüllte Heinrich so laut und tief er konnte dem Messerstecher entgegen, „willst du, dass ich dich aufschlitze? Oh man, ich hätte da so Lust drauf." Heinrichs Miene war starr und düster, wie die eines Psychopathen, dem man lieber aus dem Weg ging.

„Alter, das bereust du noch", murmelte der Messerstecher, während er weglief.

Heinrich half Ronny nun ganz ins Auto. Er musste in das nächste Krankenhaus, so schnell wie möglich. Ronnys Wunden an Stirn und Oberkörper bluteten stark.

Heinrich zog seinen Pullover aus und presste ihn gegen die Rippen seines Freundes.

„Hier, drück das fest auf die Wunde. Halt durch mein Freund", sagte Heinrich, schloss die Beifahrertür und rannte um das Auto auf die Fahrerseite.

Ritter Ronald richtete sich unter Schmerzen auf. Seine Lunge erlaubte es ihm nicht mehr in vollen Zügen zu atmen, ein Hecheln war alles, was er noch zustande brachte.

Sie mussten den Titan endlich in Richtung ihres Bootes locken, wo ihr Knappe mit dem Spiegel auf sie wartete.

Ronald sah, dass Heinrich dem Titanen ein paar Verletzungen an Oberschenkel und Wade

hatte zufügen können. Nun erwischte der Titan
den Kriegerpriester jedoch mit voller Wucht.
Wie durch ein Wunder blieb Heinrich stehen,
sichtlich betäubt, doch aufrecht.

„Bringt den Spiegel, Knappe Jannes!", rief
Ronald und schaute in Richtung des Bootes. Was
er sah machte ihn fassungslos. Knappe Jannes
hatte wohl das Vlies vom Spiegel genommen und
lag nun leblos daneben.

Wer immer an den Spiegel wollte musste sich
seinem Spiegelbild stellen.

„Nun ist es auch egal. Zulora, du prüfst nicht
nur deinen Diener Heinrich aufs Härteste, sondern
auch mich. Das scheint dir ja einiges an Freude
zu bereiten", stöhnend kroch Ronald zum Boot.

Heinrich, der göttliche Krieger, kämpfte
weiter tapfer gegen den Titanen. Weißes
Licht umhüllte den Helden und Stück für Stück
schwächten die Schnitte des Bidenhänders
seinen Gegner.

Ronald wurde hier Augenzeuge eines Wun-
ders: der Kriegerpriester der Göttin Zulora,
geschützt durch einen weißen Panzer aus Licht,
im epischen Kampfe mit einem Titanen.

Ronald erreichte das Boot.

Es lag senkrecht zum Ufer im Fluss, der
Spiegel auf ihn gerichtet. Als Ronald überlegte, wie
er den großen Spiegel aus dem Boot bekommen
sollte, vernahm er ein Geräusch, dass alle Zuversicht in ihm fahren ließ.

Heinrich setzte alle Hoffnung auf den Versuch, das Auto doch noch einmal zu starten. Der Anlasser surrte. Ein paar stotternde Geräusche des Motors zeigten, dass er noch funktionierte und mit dem zweiten Drehen des Zündschlüssels sprang der Motor tatsächlich wieder an.

Heinrich sah die dicke, schwarze Qualmwolke nicht, die aus seinem Auspuff quoll, als er das Gaspedal durchtrat, um schnell zur Notaufnahme zu gelangen.

Dann ein Geräusch. Kurz und Unheil versprechend: „Peng!"

Ronny dachte ein Böller wäre hinter dem Auto explodiert. Feine Blutspritzer zierten die Frontscheibe von innen. Ein Blick nach Links zeigte ein kleines Loch in Heinrichs Stirn, ein Blick nach hinten eine zersplitterte Heckscheibe. Der Schütze war der Messerstecher, den er noch unscharf im Abgasnebel erkannte.

Der Schuss erwischte Heinrich genau im Kopf.

Solch ein Treffer war auf diese Entfernung reines Glück. Und Heinrich war kein erfolgreicher Glücksspieler.

Sein Kopf fiel aufs Lenkrad und sein lebloses Bein drückte weiterhin aufs Gas. Ronny griff nach dem Lenkrad und riss es herum, um nicht ein anderes Auto zu rammen. Dabei kam der Wagen ins Schleudern, überschlug sich einmal, kam wieder auf die Räder und rollte führerlos die Luisenstraße hinunter.

Kriegerpriester Heinrich war vom vorderen Horn des Titanen durchbohrt worden und hing nun wie eine Fahne bei Windstille über dessen Kopf.

„Komm nur her du Ungetüm. Für dich habe ich noch was! Büßen sollst du, den heiligen Heinrich aufgespießt zu haben!" Ronald brüllte so laut es sein verengter Brustkorb möglich machte.

Nun schwang er sich ins Boot und direkt auf den Spiegel.

Es ging nicht, ohne hinein zu blicken, doch er zwang sich sein Vorhaben umzusetzen, sich noch unter den Spiegel zu bringen. Der Spiegel entfaltete seine Wirkung und Ritter Ronald sah sein Leben auf merkwürdige Weise an sich vorüberziehen.

Sein Aufwachsen in einem bunten Gemach, mit allerlei Zaubergerät und einer unmöglichen Mode.

Seine Eltern und Freunde, einfach alle sprachen in einem merkwürdigen Dialekt.

Die Jugendzeiten auf einem eigenartigen Zweirad aus Metall und das unangemessene Annähern an das weibliche Geschlecht.

Nicht zuletzt die Fahrt in einer mechanischen Kutsche, in der er merkwürdig angezogen mit dem Kriegerpriester unterwegs war und sie vollkommen unbewaffnet überfallen wurden.

Ritter Ronald versuchte zu ignorieren, was er gesehen hatte und schaffte es mit letzter Kraft unter den Spiegel.

„Komm her du hässliches Warzenschwein und stell dich mir!" Ronald rief aus Leibeskräften, unter diesem Spiegel, in diesem Boot, in diesem *fremden Land.*

Die letzte Segnung, die Heinrich gesprochen hatte, bewahrte Ronald vor Tod und Wahnsinn.

Der letzte Titan jedoch wurde ins ewige Leid gestürzt.

Happy End?

Verdammt, dachte Ronny, die Augen geschlossen, als er sich im Bett bewegte und ihn ein reißender Schmerz durchzog. Sein Oberkörper fühlte sich an, wie er wohl auch aussah: übel zugerichtet.

Er dachte darüber nach was passiert war. Ein Titan? Ein Autounfall? Meine Güte und was war mit Heinrich?

Ronny öffnete die Augen und schaute auf eine Leuchtröhre an der Decke. Ein Blick durch den Raum bestätigte ein Krankenhauszimmer, vielleicht ein Aufwachraum. Ein weiterer Blick an sich hinab zeigte, dass sein Oberkörper in Gipsverbänden gestützt wurde. Das Atmen tat weh. Seine Stirn schmerzte.

„Ah, der Herr Müller ist wach. Sie sind schwer zugerichtet worden bei dem Autounfall. Können Sie mich gut erkennen? Ich bin Dr. Friedrich", sagte der Mann im weißen Kittel, als er sich über Ronny beugte.

„Ja. Es ist alles in Ordnung. Wo ist der Kriegerprie … äh

Heinrich Maurer? Geht es ihm gut? Ist er in einem anderen Zimmer untergekommen?", fragte Ronny mit gedämpfter Stimme.

„Ich muss ihnen leider mitteilen, dass Herr Maurer verstorben ist. Mein Beileid. Die Obduktion ist angeordnet. Die Polizei wird zu ihnen kommen, sobald sie sich besser fühlen, damit sie ihre Aussage zu den Geschehnissen machen können." Der Doktor redete in kühler und distanzierter Weise, während er die Parameter an den Monitoren überprüfte und sich Notizen in die Akte machte.

„Die Schweine gehören hinter Gitter. Wegen ein paar Euros jemanden zu töten...", Ronny kamen die Tränen, als er darüber sprach.

„Beruhigen Sie sich. Ruhen Sie sich weiter aus Herr Müller, sie sind auf einem guten Weg der Besserung. Fast alle ihre Rippen sind gebrochen, sie waren im Auto eingequetscht nachdem ein anderes Auto in ihres gefahren ist. Sie hatten viel Glück", erklärte der Arzt.

„Oder er war von einer Göttin gesegnet", flüsterte eine weibliche Stimme aus einem der Betten nebenan. In Ronny regte sich ein Gefühl, das unbeschreiblich war. Eine Art Wahrheit und Mysterium, von dem er dachte, es sei eingebildet und nun doch durch eine andere Person zum Leben erweckt. Er fing an zu Schwitzen, vor Angst und Aufregung.

„Ist gut Herr Friedrich. Danke für ihre Visite", brachte Ronny mit leiser Stimme heraus.

Nachdem der Doktor verschwunden war, hievte Ronny seinen schmerzenden Oberkörper nach links, um besser die andere Seite des Raumes sehen zu können.

Nun sah er ein weiteres Krankenbett in welchem eine schwarzhaarige Frau mit fesselnd schönem Gesicht und betörenden Augen lag. Sie schaute ihn ernst an.

„Wer bist du und was hast du gemeint, mit dem Segen der Göttin?", fragte Ronny ernst.

„Ich bin Janina und als Jamala habe ich mit Heinrich gegen die schwarze Inquisitorin gekämpft. Ich wäre dabei gestorben, hätte Heinrich nicht ein Stoßgebet für mich gesprochen. Er dachte wohl, dass ich von ihm gegangen bin."

Ritter Ronald saß in einer Schenke in seiner Heimat, das Gesicht ein Flickenteppich aus Narben. Betrunken erzählte er eben die Geschichte von Heinrich, Jannes und ihm, wie sie die drei Titanen erlegt hatten und wie Jannes und Heinrich dem Letzten zum Opfer gefallen waren.

Eine weibliche Gestalt näherte sich seinem Tisch, wohlgeformt, mit markanten Gesichtszügen und spitzen Ohren. Grüne Kleidung aus feinster Baumwolle umhüllte den schönen Körper. Ein Bogen und ein Köcher voller gefiederter Pfeile waren ihre Waffen.

„Ritter Ronald? Ich bin Hochelfe Jamala. Ich grüße euch und bin froh euch endlich gefunden zu haben. Wir haben etwas zu besprechen."

Janina und Ronny schauten sich in diesem Aufwachraum in der Münchener Klinik an, streckten sich aus ihren Betten und reichten sich zärtlich die Hände.

Ronny wusste noch nicht, dass das letzte Stoßgebet Heinrichs, Iaculatorium genannt, auch in der diesseitigen Welt Wunder gewirkt hatte.

In seiner Krankenakte war ein neuer Vermerk eingetragen worden: „Hodenkarzinom nicht mehr feststellbar."

Das Ende

Der Kriegerpriester schleppte sich schwer verletzt zum Rande des Flusses. Der Titan war besiegt, wobei der Spiegel zersprungen war, unter welchem Ritter Ronald sich schutzsuchend gezwungen hatte.

Der heilige Kämpfer Heinrich besah sein Gesicht in den sanften Wellen des Flusses.

Wenige Stunden früher: Heinrich blickte nach rechts und Ronny hing schwer verletzt aber lebend im Sicherheitsgurt, den er geistesgegenwärtig noch angelegt hatte.

Sie waren eben von einem anderen Auto frontal gerammt worden. Sein Blick führte ihn auf den noch intakten Rückspiegel. Er sah die sanften Wellen eines Flusses an das steinige Ufer schwappen.

Dann sah er das Gesicht eines Mittvierzigers, ein Loch in der Stirn, vollkommen blutverschmiert und mit müden Augen.

Heinrich war traurig. Es gab Zeiten, da wollte er sterben, hatte jedoch nicht den Mumm es durchzuziehen. Heute jedoch wollte er nicht sterben. Er erblickte seinen widerspenstigen Haarbüschel im Spiegel und glättete ihn mit dem Blut an seinen Händen.

Dann sackte er leblos in sich zusammen.

Ende.

NACHTRAG

Danke, dass du das Buch bis hierher gelesen
hast und ich hoffe du hast spannende Momente
mit den Helden der Geschichte erlebt.
Bitte schreibe gleich eine Rezension auf Amazon
unter https://www.amazon.de/dp/B07MBDBW58.
Egal ob kurz oder lang, mein Dank ist dir gewiss.

Besuch mich auch auf meiner Website
http://iaculatorium.com und trage dich dort
in den Iaculatorium Newsletter ein. Leser
meines Newsletters erhalten exklusives Material,
wie Gutscheine für das Hörbuch, Coverbilder
und Lebensläufe der Protagonisten.

Die nächste Iaculatorium Geschichte kommt
bestimmt, denn diese Kurzgeschichte war der
Prolog zu einem größerem Abenteuer!

Dein Leben.
Mit Fantasie.
Gestalten.

Dein Patrick.
Buchloe im Januar 2019